文芸社セレクション

赤鬼はクリスチャン

三浦 オレンジ

MIURA ORANGE

文芸社

目次

赤鬼はクリスチャン

（1）

鬼ヶ島《おにがしま》に赤鬼《あかおに》が住《す》んでいました。

赤鬼《あかおに》は今日《きょう》も朝《あさ》からお酒《さけ》を飲《の》んでいます。

だいぶストレスがたまっているのでしょうか、いっこうに、お酒《さけ》がとまりません。

赤鬼《あかおに》はいつも思《おも》っています。

「なんで、いつも、俺《おれ》だけが嫌《きら》われ者《もの》になるんだ。最近《さいきん》は、何《なに》も悪《わる》いことしてないのに」

赤鬼《あかおに》は自暴自棄《じぼうじき》になっていました。

嫌《きら》われ者《もの》になっている自分自身《じぶんじしん》のことを、なげいていたのです。

やっぱり、お酒《さけ》はとまりません。

（2）

鬼ヶ島《おにがしま》で赤鬼《あかおに》は、友《とも》だちの青鬼《あおおに》に悩《なや》みをぶつけていました。

赤鬼《あかおに》は、青鬼《あおおに》にこう言《い》いました。

「青鬼《あおおに》さん、私《わたし》は赤鬼《おに》でいることがとてもつらいんですよ。できれば、人間《にんげん》にもどりたい」

しかし、青鬼《あおおに》はこう返《かえ》しました。

「赤鬼《あかおに》さんよ。いいかよく聞《き》きな、俺《おれ》たち鬼《おに》は昔《むかし》から嫌《きら》われ者《もの》だ。しかたないんだよ。人間《にんげん》に生《う》まれ変《か》わることは、とうていできないね」

青鬼《あおおに》はつづけてこう言《い》いました。

「俺《おれ》たちは、人間《にんげん》ってヤツらに鬼《おに》の怖《こわ》さを伝《つた》えなければならない。これが、俺《おれ》たち鬼《おに》の宿命《しゅくめい》なんだよ」

（3）

そして今年《ことし》も、節分《せつぶん》の日《ひ》がやってきました。

赤鬼《あかおに》は、本土《ほんど》に出張《しゅっちょう》です。

ある町《まち》の依頼《いらい》で、今年《ことし》は3会場《かいじょう》をまわることになっています。

赤鬼《あかおに》は、友《とも》だちの青鬼《あおおに》といっしょに、本土《ほんど》のこの町《まち》にやってきました。

そして、1番目《ばんめ》の会場《かいじょう》にきました。

子《こ》どもたちの声《こえ》がします。

「鬼《おに》は外《そと》、福《ふく》は内《うち》」

赤鬼《あかおに》と青鬼《あおおに》は、子《こ》どもたちから、いっぱいの豆《まめ》をなげつけられます。

「鬼《おに》は外《そと》、福《ふく》は内《うち》」

赤鬼《あかおに》は、たまらず逃《に》げました。

（4）

赤鬼《あかおに》は、2番目《ばんめ》の会場《かいじょう》につきました。

ここでも、子《こ》どもたちは、

「鬼《おに》は外《そと》、福《ふく》は内《うち》」と言《い》います。

赤鬼《あかおに》は、またいっぱいの豆《まめ》をからだにうけました。

「鬼《おに》は外《そと》、福《ふく》は内《うち》」

子《こ》どもたちの声《こえ》に、赤鬼《あかおに》は、ここでも逃《に》げました。

（5）

赤鬼《あかおに》は、3番目《ばんめ》の会場《かいじょう》にきました。

すると、子《こ》どもの一人《ひとり》が、赤鬼《あかおに》に向《む》かって、こう言《い》いました。

「赤鬼《おに》なんか、死《し》んじまえ、こらしめてやる」

そう言《い》って一人《ひとり》の男《おとこ》の子《こ》は、大量《たいりょう》の豆《まめ》を赤鬼《あかおに》に力《ちから》いっぱいぶつけました。

毎年《まいとし》のことですが、今年《ことし》の赤鬼《あかおに》は少《すこ》しちがうようです。

赤鬼《あかおに》は、こうつぶやきました。

「もう悪者《わるもの》あつかいは、コリゴリだ」

（6）

赤鬼《あかおに》は、子《こ》どもたちの目《め》を、明《あき》らかに怖《こわ》がっていました。

「鬼《おに》は外《そと》、福《ふく》は内《うち》」

赤鬼《あかおに》は、この言葉《ことば》にとても疎外感《そがいかん》を感《かん》じていました。

もともと赤鬼《あかおに》の心《こころ》の中《なか》には二《ふた》つのことが混在《こんざい》していたのです。

一《ひと》つは、自《みず》らが欲望《よくぼう》や渇望《かつぼう》など強《つよ》い欲望《よくぼう》をもっていること。

二《ふた》つ目《め》は、そんなものは捨《す》ててしまい、本当《ほんとう》に人間《にんげん》として生《う》まれ変《か》わりたいということ。

赤鬼《あかおに》は、いつものこの二《ふた》つのことで悩《なや》んでいました。

「早《はや》く、人間《にんげん》になりたい――」と。

(7)

節分《せつぶん》が終《お》わって、鬼ヶ島《おにがしま》に帰《かえ》る前《まえ》に、赤鬼《あかおに》は、節分《せつぶん》の実行委員会《じっこういいんかい》の男性《だんせい》から、こう言《い》われました。

「赤鬼《あかおに》さん、今年《ことし》もご苦労様《くろうさま》でした。来年《らいねん》もよろしくお願《ねが》いします。でもあんなに子《こ》どもたちがよろこぶとは。大成功《だいせいこう》ですよ」

「気《き》をつけて、お帰《かえ》り下《くだ》さいませ」と。

実行委員会《じっこういいんかい》の男性《だんせい》は、赤鬼《あかおに》をそうねぎらいました。

赤鬼《あかおに》は、実行委員会《じっこういいんかい》の男性《だんせい》に感謝《かんしゃ》しました。なんだか、とても、うれしかったからです。

(8)

しかし、赤鬼《あかおに》の友《とも》だちの青鬼《あおおに》は、いっこうに変《か》わりません。昔《むかし》から青鬼《あおおに》の心《こころ》の中《なか》の、悪意《あくい》や憎《にく》しみや怒《いか》りなど貧相《ひんそう》で欲深《よくぶか》い心《こころ》は変《か》わりません。

青鬼《あおおに》は、節分《せつぶん》が終《お》わると、とっとと鬼ヶ島《おにがしま》に帰《かえ》ってしまいました。

鬼ヶ島《おにがしま》にもどると、青鬼《あおおに》は、お酒《さけ》をあびりました。

青鬼《あおおに》はこうつぶやきました。

「人間《にんげん》なんて、俺《おれ》たち以上《いじょう》に欲深《よくぶか》いヤツラだ。本当《ほんとう》は人間《にんげん》ってヤツラが一番恐《いちばんおそ》ろしい生《い》き物《もの》だぜ」

（9）

赤鬼《あかおに》は、そんな青鬼《あおおに》のことを、いつも全《まった》く責《せ》めはしませんでした。青鬼《あおおに》の気持《きも》ちが、わからないわけではないからです。

そもそも人間《にんげん》は、常《つね》に鬼《おに》たちのことを怒《いか》りや憎《にく》しみをもった恐《おそ》ろしい存在《そんざい》としてみており、鬼《おに》はいつも悪事《あくじ》をはたらき、時《とき》に人間《にんげん》におそいかかるものとして、いみ嫌《きら》っています。人《ひと》と鬼《おに》との関係《かんけい》は、そうした点《てん》で一線《いっせん》をかくしているのです。

特《とく》に青鬼《あおおに》は、もともと人間《にんげん》であって、昔々人《むかしむかしひと》の手《て》によって怒《いか》りや憎《にく》しみで殺《ころ》された死者《ししゃ》の一人《ひとり》なんです。

ゆえに、青鬼《あおおに》はもう人間《にんげん》にもどることはできません。しかたのないことなのです。

赤鬼《あかおに》は、青鬼《あおおに》のことを十分理解《じゅうぶんりかい》していました。

（10）

鬼ケ島《おにがしま》に帰《かえ》る前《まえ》に、にわかに、一人《ひとり》の神父《しんぷ》が赤鬼《あかおに》のところに近《ちか》づいてきて、こう言《い》いました。

神父《しんぷ》は、

「赤鬼《あかおに》さん、悩《なや》みでもあるんでしょうか。あなたの背中《せなか》に、悲《かな》しみやいきどおりを感《かん》じますが」と。

神父《しんぷ》の思《おも》いがけない言葉《ことば》に赤鬼《あかおに》は、少《すこ》し涙目《なみだめ》になりました。

「わかりますか。悩《なや》みでいっぱいなんですよ。今《いま》の自分《じぶん》がふがいなく、とても心《こころ》がみだれてます」

すると神父《しんぷ》は、こうつづけました。

「赤鬼《あかおに》さん、私《わたし》の教会《きょうかい》に遊《あそ》びに来《き》ませんか。悪《わる》いようにはなりません。むしろ、あなたの心《こころ》の中《なか》が、少《すこ》し清《きよ》らかになりますよ」

(11)

赤鬼《あかおに》は考《かんが》えました。

そんな赤鬼《あかおに》に神父《しんぷ》は、一冊《いっさつ》の聖書《せいしょ》を渡《わた》しました。

「この聖書《せいしょ》を読《よ》んでみて下《くだ》さい。あなたが救《すく》われるお話《はなし》がいっぱい書《か》いてありますよ」

赤鬼《あかおに》は、何《なん》だか興味《きょうみ》がわき、こころよく聖書《せいしょ》を受《う》けとりました。

そして、改《あらた》めて聞《き》きかえしました。

「救《すく》われるんですか。本当《ほんとう》に」

神父《しんぷ》は、

「ある程度《ていど》読み終《お》えたら、ぜひ私《わたし》の教会《きょうかい》に遊《あそ》びにきて下《くだ》さい」

赤鬼《あかおに》は、神父《しんぷ》から教会《きょうかい》の住所《じゅうしょ》を聞《き》き、鬼ケ島《おにがしま》に帰《かえ》る予定《よてい》を変更《へんこう》しました。

(12)

赤鬼《あかおに》は、2日後《ふつかご》、神父《しんぷ》のいる教会《きょうかい》を訪《たず》ねました。

赤鬼《あかおに》は神父《しんぷ》にこう言《い》いました。

「神父様《しんぷさま》、聖書《せいしょ》をありがとうございました。しっかり読《よ》ませていただきました」

神父《しんぷ》はこう聞《き》きました。

「どうですか、感想《かんそう》の方《ほう》は」

「はい、愛《あい》というものに触《ふ》れ、思《おも》いのほか感動《かんどう》しました。とても素晴《すば》らしい一冊《いっさつ》ですね」

「そうですか、少《すこ》しは心《こころ》もちは変《か》わりましたでしょうか」

「はい」

赤鬼《あかおに》は神父《しんぷ》にお礼《れい》を言《い》うと、神父《しんぷ》は真剣《しんけん》な顔《かお》で、こう言《い》ってきました。

「赤鬼《あかおに》さん、これまでのこと、悩《なや》んでいること、私《わたし》の教会《きょうかい》で、明日《あす》、ザンゲしませんか」

(13)

赤鬼《あかおに》は、翌日《よくじつ》、教会《きょうかい》に再《ふたた》びやってきました。

赤鬼《あかおに》は、神父《しんぷ》にさそわれるまま、ザンゲ室《しつ》に案内《あんない》されました。

赤鬼《あかおに》は、日頃《ひごろ》の感情《かんじょう》や心《こころ》の中《なか》のこと、過去《かこ》のあやまち、自分《じぶん》のしてきた悪事《あくじ》について、すべてをうちあけました。

ザンゲ室《しつ》にて赤鬼《あかおに》は、

「昔々《むかしむかし》、相当悪《そうとうわる》いことをしてきたことは認《みと》めます。申《もう》し訳《わけ》なく思《おも》ってます。ただ、どうしてこうも嫌《きら》われるのか、くやしくてしかたありません。私《わたし》は、自分《じぶん》の心《こころ》の中《なか》のきたないものを本心《ほんしん》からくいあらためます。どうか、どうか、神《かみ》のご加護《かご》を…」

すると神父《しんぷ》は、

「赤鬼《あかおに》さんだけでなく、すべての人《ひと》が怒《いか》り、悲《かな》しみやいきどおりをもっています。

自《みずか》らの悪事《あくじ》や心《こころ》の中《なか》のけがらわしいものをくいあらため、これからは、人間《にんげん》のため、子《こ》どもたちのために改心《かいしん》して、つぐないなさい。それがあなたを救《すく》う道《みち》なんです」

そして、赤鬼《あかおに》は、そうした神父《しんぷ》の言葉《ことば》を素直《すなお》に受《う》け入《い》れました。

(14)

そしてこの日《ひ》、赤鬼《あかおに》は神父《しんぷ》のいる教会《きょうかい》で、キリスト教徒《きょうと》の洗礼《せんれい》をうけました。

そして晴《は》れて赤鬼《あかおに》は、クリスチャンになったのです。

教会《きょうかい》のステンドガラスから、とてもやわらかな光《ひかり》がさしこんできました。

十字架《じゅうじか》を背負《せお》ったイエス・キリスト様《さま》に、その光《ひかり》は届《とど》き、何《なに》かを訴《うった》えかけるかのように、やさしさにつつまれていました。

赤鬼《あかおに》は、その光景《こうけい》を前《まえ》に、しっかりと十字《じゅうじ》をきりました。

そして誓《ちか》ったのです。

(15)

その後《ご》のこと、赤鬼《あかおに》はすべてをあらためました。

子《こ》どもたちのために、子《こ》どもたちにとって怖《こわ》い存在《そんざい》としての役割《やくわり》を、しっかりと演《えん》じたのです。

様々《さまざま》な行事《ぎょうじ》において、赤鬼《あかおに》は、自《みずか》らよろこんで悪役《あくやく》をかってでました。

「鬼《おに》は外《そと》、福《ふく》は内《うち》」

今日《きょう》もどこかで、子《こ》どもたちの声《こえ》が、ほら、聞《き》こえてきます。

赤鬼《あかおに》は、クリスチャン、です。

もうおこったり、なげいたりはしません。

アーメン。

赤鬼《あかおに》の胸《むね》には、十字架《じゅうじか》のペンダントが輝《かがや》いています。

なまけ者のアリ

（1）

この村《むら》には、働《はたら》きアリがたくさんいます。

重《おも》い荷物《にもつ》を、エッサコラ、エッサコラ。

アリさんたちは、今日《きょう》も一生懸命働《いっしょうけんめいはたら》いています。

そんな中《なか》、一人《ひとり》のなまけ者《もの》のアリさんがいました。彼《かれ》の名前《なまえ》は、トム。

トムは、木《こ》の葉《は》に横《よこ》になり、昼寝《ひるね》をしたり、ボーッと空《そら》をながめたり。

トムは、全《まった》く働《はたら》く気《き》がありません。

仲間《なかま》がいっぱい汗《あせ》をかいて働《はたら》いているのをよそに、ただただそれをながめているだけなんです。

（2）

トムは、いつもの様《よう》に、木《こ》の葉《は》に横《よこ》になり、空《そら》をながめていました。すると、空《そら》が急《きゅう》に暗《くら》くなりました。

はじめは、雨《あめ》でもふるのかなぁと、のん気《き》にしてましたが、次《つぎ》の瞬間《しゅんかん》、大《おお》きな影《かげ》が空《そら》をよこぎりました。

トムは、にわかに感《かん》じました。

野鳥《やちょう》だ。野鳥《やちょう》がこちらをねらっている。

（3）

トムは、働《はたら》きアリたちのところに急《いそ》いでいき、こう言《い》いました。

「大変《たいへん》だ、野鳥《やちょう》がかんづいた、野鳥《やちょう》がこちらをねらっている」

働《はたら》きアリたちは、それでもトムの言《い》うことには耳《みみ》をかしません。

エッサコラ、エッサコラ。

「ねえ、危《あぶ》ないよ。野鳥《やちょう》がこちらをねらっているんだ。みんな、すぐに巣《す》ににげないと、お願《ねが》いだから、みんな、今《いま》すぐにげてよ」

（4）

働《はたら》きアリの一人《ひとり》が、そんななまけ者《もの》のトムに言《い》いかえしました。

「トムよ。お前《まえ》の気《き》のせいだろう。そんなこと言《い》ってないで、お前《まえ》さんも、いいかげんみんなの仕事《しごと》を手伝《てつだ》えよ」

「そうゆう場合《ばあい》じゃないんだ。お願《ねが》いだから、本当《ほんとう》にみんな早《はや》くにげてよ」とトム。

しかし、働《はたら》きアリは言《い》いました。

「なまけ者《もの》のアリにかまっているヒマはないね。何《なに》より時間《じかん》がもったいない。トムよ、あっちにいってな」

トムは、働《はたら》きアリたちに十分忠告《じゅうぶんちゅうこく》をしました。しかし、トムの言《い》うことなど、だれも信《しん》じてくれないのです。

(5)

その時《とき》です。空《そら》に黒《くろ》い影《かげ》があらわれたと思《おも》ったら、黒《くろ》い影《かげ》は、いっきに、働《はたら》きアリたちにおそいかかりました。

そして、仲間《なかま》のアリたちは、何人《なんにん》も野鳥《やちょう》に食《た》べられてしまいました。ほぼ半数《はんすう》のアリたちは食《た》べられ、死《し》んでしまいました。

(6)

野鳥《やちょう》はさんざん食《く》いあらしたあと、さっと空《そら》へ帰《かえ》っていきました。運《うん》よく、なまけ者《もの》のアリ、トムは無事《ぶじ》でした。

そして、生《い》き残《のこ》ってケガをしている働《はたら》きアリたちに、トムはこう言《い》いました。

「大丈夫《だいじょうぶ》ですか。でも言《い》ったよね、危《あぶ》ないって」

しかし、ケガをした働《はたら》きアリの一人《ひとり》がこう言《い》いかえしました。

「あぁ、お前《まえ》さんの言《い》うことは正《ただ》しかった。でも、お前《まえ》さんの正《ただ》しさは、まるっきり、からっぽだ。だれが信《しん》じるかよ」

「からっぽ!?」

「そうだ。だれがなまけ者《もの》の言《い》うことなど信《しん》じるかよ。君《きみ》の話《はなし》は、からっぽさ。聞《き》くにあたいしないんだよ」

トムは、そう聞《き》いて、残念《ざんねん》でなりませんでした。

(7)

事件《じけん》がおきたあと、トムは木《き》の根《ね》にこしかけ、一人《ひとり》頭《あたま》をかかえていました。

みんなが食《た》べられていくのを間《ま》のあたりにして、その光景《こうけい》を思《おも》いうかべては、ふるえていたのです。

すると、先《さき》ほどの事件《じけん》をそばで見《み》ていたコオロギさんが、トムのもとに近《ちか》づいてきて、こう聞《き》きました。

「なまけ者《もの》のアリさんよ、何《なに》をそんなに悩《なや》んでいるんだい」

そう聞《き》かれてトムは、心《こころ》のうちを全部話《ぜんぶはな》しました。

「ぼくは忠告《ちゅうこく》したんだよ。ぼくの忠告《ちゅうこく》を聞《き》かない彼《かれ》らが悪《わる》いんだ、ぼくは少《すこ》しも悪《わる》くない」

トムは、ひとりぼっちでだれからも相手《あいて》にされなかったことを、深《ふか》く悲《かな》しみました。自分《じぶん》のことを信《しん》じてもらえなかったことへのくやしさ。食《く》いあらされていく様《さま》をみていた時《とき》の恐怖《きょうふ》とむなしさ。この二《ふた》つのことで、トムは悩《なや》んでいました。

（8）

コオロギさんは言《い》いました。

「トム君《くん》よ、しかたがないんだよ。君《きみ》は、みんながあんなに一生懸命《いっしょうけんめい》に働《はたら》いているのをよそに、一人《ひとり》、なまけ者《もの》でいたんだからね。君《きみ》の言《い》うことなど、だれも聞《き》く耳《みみ》をもっていなかったんだよ」

トムは今《いま》さらながら、「そういうものなんですか」と聞《き》きなおしました。

さらに、コオロギさんはこうつづけました。

「トム君《くん》よ、信頼関係《しんらいかんけい》のない人《ひと》のことばは常《つね》にからっぽだよ。いくら正《ただ》しくても、それはやっぱり、聞《き》くにあたいしないんだよ」

「終《お》わってしまったことだ。あとは君《きみ》がどう変《か》わるかだね」

(9)

コオロギさんは、

「残念《ざんねん》だけど、働《はたら》きアリたちは、君《きみ》のことを仲間《なかま》とは思《おも》ってないみたいだ。ここは、もう一度《いちど》、心《こころ》をあらためて、みんなといっしょに少《すこ》しずつ、君《きみ》も働《はたら》くことだね」

なまけ者《もの》アリ、トムは、今《いま》さらの様《よう》に思《おも》いました。みんなはぼくを受《う》け入《い》れてくれるだろうか、と心配《しんぱい》したのです。

そしてコオロギさんは、核心《かくしん》を言《い》いました。

「トム君《くん》よ、まず一番大事《いちばんだいじ》なことは、自分自身《じぶんじしん》のことをしっかりみつめなおすことだよ」

「そうだな。この際《さい》、トム君《くん》よ、自分《じぶん》を知《し》るために、旅《たび》に出《で》たらどうだい」

「旅《たび》ですか」

「そうさ、今《いま》のままでは何《なに》もかわらない。自分《じぶん》という真実《しんじつ》を探《さが》しにいくんだよ」

「きっと変《か》われるよ」

(10)

コオロギさんは、こう教《おし》えてくれました。

「西《にし》の方角《ほうがく》に、それは有名《ゆうめい》な銀色《ぎんいろ》に輝《かがや》く真実《しんじつ》の石《いし》がある。そこへ行《い》けば、君《きみ》へのメッセージがきざみこまれているはずだ。それを読《よ》んできなさい」

「真実《しんじつ》の石《いし》ですか」

「そうだ。この石《いし》にきざまれているメッセージは、人《ひと》によって違《ちが》った文章《ぶんしょう》がきざみこんである。トムの場合《ばあい》は、どんなメッセージが書《か》かれてあるのかはわからないけど、なげいたり、悲《かな》しんだりせず、まずは君《きみ》へのメッセージを見《み》てくることは、十分《じゅうぶん》な価値《かち》があることだ」

「もうじき冬《ふゆ》がくる。旅《たび》はきびしさをますだろうが、今《いま》の君《きみ》に必要《ひつよう》なことは、直《じか》に真《しん》実《じつ》の石《いし》に触《ふ》れることだね」

（11）

なまけ者《もの》のアリ、トムは、数日考《すうじつかんが》えました。

仲間《なかま》はずれになっているのは本当《ほんとう》だ、今《いま》のままではどうすることもできない。

『コオロギさんの言《い》う通《とお》りかもしれない。

今《いま》のぼくに必要《ひつよう》なのは、まず、銀色《ぎんいろ》に輝《かがや》く真実《しんじつ》の石《いし》にきざみ書《か》かれているぼくへのメッセージをたしかめることだ』

トムは数日悩《すうじつなや》んだあげく、西《にし》への旅《たび》に出《で》ることを決《き》めました。旅《たび》は、何《なん》か月《げつ》、いや何年《なんねん》かかるかはわかりません、それでもしかし、トムは、決《き》めたのです。

(12)

トムは、コオロギさんのもとへ行《い》き、決心《けっしん》を伝《つた》えました。

コオロギさんは言《い》いました。

「トム君《くん》、心配《しんぱい》はいらないよ、きっと真実《しんじつ》の石《いし》にたどりつけるさ。何《なん》か月《げつ》たっても、何年《なんねん》かかっても、求《もと》めることが一番大切《いちばんたいせつ》なんだよ」

(13)

エールをもらった、なまけ者《もの》のアリ、トムは、身《み》じたくをして、一人《ひとり》、西《にし》の方角《ほうがく》へ向《む》かって、旅《たび》に出《で》ました。

冬《ふゆ》がもうじきやってきます。トムにはかこくな日々《ひび》がまっていることでしょう。

しかしトムは、大《おお》きなリュックをかつぎ、出発《しゅっぱつ》したのです。

(14)

トムが旅立《たびだ》って、数《すう》か月《すう》がたちました。

村《むら》では、なまけ者《もの》のアリ、トムのうわさ話《ばなし》がいっぱいささやかれていました。

一人《ひとり》は、トムは心《こころ》をあらためて、違《ちが》う村《むら》で一生懸命《いっしょうけんめい》に働《はたら》いている、と言《い》います。

一人《ひとり》は、トムは、旅《たび》の途中《とちゅう》、野島《やちょう》におそわれ、死《し》んでしまった、と言《い》います。

もう一人《ひとり》は、トムは、いまだ旅《たび》の途中《とちゅう》で、真実《しんじつ》の石《いし》を目指《めざ》して、一歩一歩《いっぽいっぽ》、歩《ある》きつづけている、と言《い》います。

(15)

なまけ者《もの》のアリがいた村《むら》では、今日《きょう》も働《はたら》きアリたちが、一生懸命《いっしょうけんめい》に働《はたら》いています。

ほら、聞《き》こえてくるでしょ。働《はたら》きアリたちの声《こえ》が。

エッサコラ、エッサコラ。

（16）

そして、なまけ者《もの》のアリ、トムの旅《たび》は、実《じつ》は今《いま》もつづいていました。トムは、冬《ふゆ》の青《あお》い空《そら》を時折《ときおり》ながめては、別《わか》れ際《ぎわ》に言《い》われたコオロギさんの言葉《ことば》を思《おも》い浮《う》かべていました。

「いいかトム君《くん》よ、一《ひと》つだけ付《つ》け加《くわ》えておくが、メッセージそれ自体《じたい》は答《こた》えではないんだ。メッセージをどう受《う》けとめ、どう実践《じっせん》するかが答《こた》えなんだよ」

今《いま》まで汗《あせ》をかくことのなかった、なまけ者《もの》のアリ、トムは、時折《ときおり》、空《そら》をながめては、汗《あせ》をぬぐいました。

汗《あせ》は、いずれくる未来《あす》のしずくです。

トムは今《いま》、決《けっ》してなまけ者《もの》なんかじゃありません。

青い目のウサギ

（1）

遠《とお》い遠《とお》い西《にし》の森《もり》に、青《あお》い目《め》のウサギが住《す》んでいました。

青《あお》い目《め》のウサギは、森《もり》の中《なか》の小《ちい》さな病院《びょういん》の医師《いし》でした。

彼《かれ》は自《みずか》ら白血病《はっけつびょう》を患《わずら》いながらも、森《もり》の動物《どうぶつ》たちを毎日《まいにち》診《み》てあげていました。

彼《かれ》は、自分《じぶん》の病気《びょうき》のことは、決《けっ》して誰《だれ》にも告《つ》げませんでした。なぜなら、自分《じぶん》の事《こと》で動物《どうぶつ》たちに心配《しんぱい》をかけたくなかったからです。自分《じぶん》の命《いのち》よりも、動物《どうぶつ》たちの命《いのち》を大切《たいせつ》にしていました。

彼《かれ》は、いつも優《やさ》しく、笑顔《えがお》で動物《どうぶつ》たちに話《はな》しかけていました。

もちろん、青《あお》い目《め》のウサギは、みんなから慕《した》われていました。

（2）

青《あお》い目《め》のウサギの病院《びょういん》には、たくさんの動物《どうぶつ》たちが毎日訪問《まいにちほうもん》していました。

青《あお》い目《め》のウサギは、キツネさんが風邪《かぜ》を引《ひ》いたら、森《もり》の薬草《やくそう》を処方《しょほう》してあげました。

また、リスさんがお腹《なか》をこわした時《とき》は、森《もり》からよもぎを取《と》ってきて、それを与《あた》えていました。

翼《はね》の折《お》れて飛《と》べなくなった小鳥《ことり》にも、数《すう》か月《げつ》の治療《ちりょう》を行《おこな》いました。

他《ほか》の動物《どうぶつ》たちにも、同様《どうよう》に、心《こころ》から診《み》ていました。

青《あお》い目《め》のウサギは、自分《じぶん》の余命《よめい》が長《なが》くないことを知《し》っていましたが、それゆえに、他《ほか》の動物《どうぶつ》たちの命《いのち》を救《すく》うことに情熱《じょうねつ》を持《も》っていました。

（3）

ある日《ひ》、事件《じけん》がおきました。

青《あお》い目《め》のウサギは、ツバメによばれて、森《もり》の奥《おく》へと入《はい》っていきました。

そこでは、オオカミがしかけたワナにはまった子熊《こぐま》が倒《たお》れていました。

青《あお》い目《め》のウサギは、ワナを取《と》ってあげ、応急処置《おうきゅうしょち》をして、自分《じぶん》の病院《びょういん》に子熊《こぐま》を連《つ》れて帰《かえ》りました。

そして、子熊《こぐま》のキズを治療《ちりょう》し包帯《ほうたい》をまきました。

（4）

ベッドに横《よこ》たわっていた子熊《こぐま》は、青《あお》い目《め》のウサギにお礼《れい》を言《い》いました。

「先生《せんせい》、ありがとう、死《し》ぬかと思《おも》ったよ」

「いやいや、大丈夫《だいじょうぶ》だよ。安心《あんしん》しなさい。しばらく安静《あんせい》にしていれば、すぐに治《なお》るからね」

「でも、ツバメさんが第一発見者《だいいちはっけんしゃ》だったからよかったね。彼《かれ》は、森《もり》の情報《じょうほう》をいっぱい持《も》っていて、素晴《すば》らしい存在《そんざい》だよ」

「ツバメさんに感謝《かんしゃ》しないとね」

子熊《こぐま》は言《い》いました。

「はい、そう思《おも》います。先生《せんせい》からツバメさんにも、よろしくお伝《つた》え下《くだ》さい」と。

(5)

翌日《よくじつ》、子熊《こぐま》の母親《ははおや》が、青《あお》い目《め》のウサギのもとにやってきました。

母熊《ははぐま》は、

「先生《せんせい》、本当《ほんとう》にありがとうございました。もしあのままだったら、うちの子《こ》はオオカミに食《た》べられ死《し》んでいたかもしれません。先生《せんせい》、本当《ほんとう》にありがとうございました……。先生《せんせい》は命《いのち》の恩人《おんじん》です」

青《あお》い目《め》のウサギは、

「いえいえ、これが私《わたし》の仕事《しごと》ですから」と言《い》うと、母熊《ははぐま》は真剣《しんけん》な顔《かお》をしてこう言《い》いました。

「先生《せんせい》、実《じつ》は私《わたし》は魔法《まほう》が使《つか》えるのです。先生《せんせい》の願《ねが》い事《ごと》を一《ひと》つだけ叶《かな》えてあげますよ」

「ええ、魔法《まほう》ですか」

「はい、一生《いっしょう》に一度《いちど》だけ使《つか》える魔法《まほう》です。命《いのち》を救《すく》って下《くだ》さったお礼《れい》に使《つか》いたいと思《おも》います」

青《あお》い目《め》のウサギは自分《じぶん》の白血病《はっけつびょう》を治《なお》してほしいと思《おも》いましたが、それは言《い》えませんでした。彼《かれ》は代《か》わりに、森《もり》の動物《どうぶつ》たちが幸《しあわ》せで健康《けんこう》であることをお願《ねが》いしました。

母熊《ははぐま》は、それを聞《き》いて涙《なみだ》を流《なが》しました。

彼女《かのじょ》は、青《あお》い目《め》のウサギに抱《だ》きつき、ありがとうと言《い》いました。

「うれしいです。こんなにうれしいことはありません」と母熊《ははぐま》はまた涙《なみだ》を流《なが》しました。

（6）

青《あお》い目《め》のウサギと仲良《なかよ》くなったキツネやリスや小鳥《ことり》を始《はじ》め、多《おお》くの動物《どうぶつ》たちが青《あお》い目《め》のウサギに感謝《かんしゃ》していました。

彼《かれ》らは、青《あお》い目《め》のウサギに、森《もり》でとれた木《き》の実《み》や果物《くだもの》などをもってきてはあげました。

（7）

しかし、青《あお》い目《め》のウサギは、日《ひ》に日《ひ》に弱《よわ》っていく自分《じぶん》を知《し》っていました。いつ死《し》ぬかもわかりません。いつも不安《ふあん》を抱《いだ》きながら、手鏡《てかがみ》をとって、自分《じぶん》の青《あお》い目《め》を見《み》ては、その時《とき》を覚悟《かくご》していました。

そして、この夜《よる》も、青《あお》い目《め》のウサギは眠《ねむ》りにつきました。

（8）

しかし、次《つぎ》の日《ひ》の朝《あさ》、青《あお》い目《め》のウサギは二度《にど》と目覚《めざ》めることはありませんでした。彼《かれ》は静《しず》かに息《いき》を引《ひ》き取《と》ったのです。

（9）

森《もり》の動物《どうぶつ》たちは、青《あお》い目《め》のウサギの死《し》を深《ふか》く悲《かな》しみました。彼《かれ》らは、青《あお》い目《め》のウサギのために、森《もり》の中央《ちゅうおう》の最《もっと》も美《うつく》しい場所《ばしょ》にお墓《はか》を作《つく》りました。花束《はなたば》や果物《くだもの》をお供《そな》え、感謝《かんしゃ》と別《わか》れを伝《つた》えました。

何《なに》より、青《あお》い目《め》のウサギが、優《やさ》しくて賢《かしこ》くて、勇敢《ゆうかん》だったことにお礼《れい》を伝《つた》えました。

（10）

天国《てんごく》で、
神様《かみさま》は、青《あお》い目《め》のウサギにこう言《い》いました。
「青《あお》い目《め》のウサギよ。君《きみ》のために、君《きみ》の願《ねが》いを私《わたし》が叶《かな》えてさしあげよう」と。

（11）

そして数日《すうじつ》がたち、奇跡《きせき》がおこりました。

青《あお》い目《め》のウサギがねむるお墓《はか》から、青《あお》い花《はな》が咲《さ》き始《はじ》めました。その花《はな》は、青《あお》い目《め》のウサギの目《め》と全《まった》く同《おな》じ色《いろ》でした。

青《あお》い花《はな》は、どんどん増《ふ》えてゆき、やがて森《もり》いったいに広《ひろ》がりました。

（12）

青《あお》い目《め》のウサギは死《し》んでしまいましたが、彼《かれ》は最高《さいこう》の贈《おく》り物《もの》を森《もり》に残《のこ》してくれました。

それは、青《あお》い花《はな》です。

その青《あお》い花《はな》を食《た》べると、どんな病気《びょうき》も治《なお》りました。

（13）

森《もり》の動物《どうぶつ》たちは、彼《かれ》のことを忘《わす》れませんでした。

彼《かれ》らは、青《あお》い花《はな》を見《み》るたびに、彼《かれ》に深《ふか》く感謝《かんしゃ》しました。

そして、

森《もり》の動物《どうぶつ》たちは、病気《びょうき》もせず、幸《しあわ》せで健康《けんこう》に暮《くら》しました。

水子は天使の子

（1）

ある日《ひ》のこと、普通《ふつう》の20代《だい》のカップルのお話《はなし》です。ママは妊娠《にんしん》していました。夫《おっと》との間《あいだ》に一人目《ひとりめ》の赤《あか》ちゃんをさずかったのです。彼《かれ》もスゴくよろこんでいました。

彼女《かのじょ》は普通《ふつう》に幸《しあわ》せで、何《なん》の心配《しんぱい》もしていませんでした。

しかし彼女《かのじょ》は、いつもの様《よう》に階段《かいだん》をおりていた時《とき》、つい、足《あし》をすべらせ、階段《かいだん》から転倒《てんとう》してしまいました。その際《さい》、お腹《なか》を強《つよ》くうちました。

そして彼女《かのじょ》は、救急車《きゅうきゅうしゃ》で病院《びょういん》に運《はこ》ばれました。

しかし、最悪《さいあく》なことに、彼女《かのじょ》のお腹《なか》の子《こ》は死《し》んでいました。

彼女《かのじょ》は、流産《りゅうざん》したのです。

そう、最初《さいしょ》の子《こ》を失《な》くしてしまったのです。

（2）

同《おな》じ日《ひ》のこと、ある10代《だい》の女子高生《じょしこうせい》のお話《はなし》です。

初恋《はつこい》の彼氏《かれし》との間《あいだ》で、彼女《かのじょ》は妊娠《にんしん》していました。

しかし、うれしさと反対《はんたい》に、両親《りょうしん》や先生《せんせい》などのいわゆる大人《おとな》の意見《いけん》におされ、彼《かの》女《じょ》は人工中絶手術《じんこうちゅうぜつしゅじゅつ》を受《う》けました。

不本意《ふほんい》ではありますが、彼女《かのじょ》は、お腹《なか》の子《こ》をうしなってしまいました。

（3）

また同《おな》じ日《ひ》のこと、30代後半《だいこうはん》の夫婦《ふうふ》のお話《はなし》です。

彼女《かのじょ》は、結婚《けっこん》してしばらく子宝《こだから》にめぐまれませんでした。

夫婦《ふうふ》はながらく、不妊治療《ふにんちりょう》を行《おこ》ない、ついに妻《つま》は妊娠《にんしん》しました。待望《たいぼう》であり、待《ま》ちに待《ま》っていた出来事《できごと》です。

しかし、いざ出産《しゅっさん》の時《とき》になって、なんらかの事故《じこ》がおこり、赤《あか》ちゃんは死《し》んだまま産《う》まれてきました。うぶ声《ごえ》があがらなかったのです。

夫婦《ふうふ》は、全《まった》く落胆《らくたん》していました。

（4）

流産《りゅうざん》して失《な》くしてしまった子《こ》。人工中絶《じんこうちゅうぜつ》をしてうしなった子《こ》。死《し》んだまま産《う》まれた子《こ》。

この子《こ》たちは、通常《つうじょう》、水子《みずこ》と呼《よ》ばれています。

若《わか》いカップルや、女子高生《じょしこうせい》、そして不妊治療《ふにんちりょう》のすえ、やっと子宝《こだから》にめぐまれたにもかかわらず、死産《しざん》した妻《つま》たちは、決《けっ》して悪《わる》くはありません。彼女《かのじょ》たちは、そう、不運《ふうん》にも、赤《あか》ちゃんに出会《であ》うことができなかったのです。彼女《かのじょ》たちの悲《かな》しみは深《ふか》く、心《こころ》の中《なか》はまっくらでした。

（5）

そして、その日《ひ》のたそがれ時《どき》、にわかに空《そら》は、灰色《はいいろ》の雲《くも》におおわれていました。ただ、一角《いっかく》だけが夕日《ゆうひ》で赤《あか》く染《そ》まり、そこから、まぶしいほどの一筋《ひとすじ》の光《ひかり》が地上《ちじょう》へとおりていきました。

いわゆる、天使《てんし》のはしご、です。

3人《にん》の水子《みずこ》は、天使《てんし》となりました。

小《ちい》さな翼《つばさ》を少《すこ》しばかりはばたかせ、天使《てんし》たちは、ゆっくりと天使《てんし》のはしごをのぼり、天国《てんごく》へともどっていきました。

水子《みずこ》は、天使《てんし》の子《こ》です。

(6)

天国《てんごく》の天使《てんし》たちの住《す》む場所《ばしょ》は、人間世界《にんげんせかい》とは全《まった》く違《ちが》います。

そこでは、兄弟姉妹《きょうだいしまい》の関係《かんけい》はなく、そもそも性別《せいべつ》がありません。そしてコトバも存在《そんざい》しません。

国《くに》や国境《こっきょう》もなく、ましてや争《あらそ》いなど決《けっ》してありません。

小《ちい》さな翼《つばさ》をひろげた天使《てんし》たちは、その小《ちい》さな翼《つばさ》をはばたかせ、みんな楽《たの》しく遊《あそ》んでいました。

(7)

天国《てんごく》では、天使《てんし》たちには名前《なまえ》がありません。コトバもないから会話自体《かいわじたい》がありません。それでも天使《てんし》たちは、コトバがなくても意思疎通《いしそつう》ができていました。

そして、天使《てんし》たちは、その日《ひ》が来《く》るのを待《ま》っています。

天使《てんし》たちは、今日《きょう》も翼《つばさ》をひろげ、みんな楽《たの》しく遊《あそ》んでいました。

そして、いく日《にち》がすぎました。

(8)

ある日《ひ》のこと、ここは地上《ちじょう》の病院《びょういん》の分娩室《ぶんべんしつ》です。

激《はげ》しい陣痛《じんつう》がきて、いままさに赤《あか》ちゃんが産《う》まれてくるのを待《ま》っている一人《ひとり》の妊婦《にんぷ》さんがいました。

彼女《かのじょ》は、めいいっぱい、りきんでいました。

フゥフゥ、ハーハ。フゥフゥ、ハーハ。

彼女《かのじょ》のガンバる声《こえ》が聞《き》こえてきます。

その声《こえ》は、もちろん、天国《てんごく》にも届《とど》いています。

(9)

天国《てんごく》では、神様《かみさま》が、一人《ひとり》の天使《てんし》を前《まえ》にこう言《い》いました。

「今《いま》から赤《あか》ちゃんが産《う》まれる。君《きみ》の順番《じゅんばん》だ、地上《ちじょう》の星《ほし》にもどり、人々《ひとびと》を幸《しあわ》せにしてきなさい」と。

一人《ひとり》の天使《てんし》は、神様《かみさま》からそう言《い》われ、めいっぱい笑顔《えがお》でよろこびました。

天使《てんし》は、待《ま》っていたのです。この日《ひ》を。

待《ま》ち望《のぞ》んでいた地上《ちじょう》の星《ほし》に、ついに、もどることができる、ことを。

(10)

運命《うんめい》は星《ほし》のめぐり。

運命《うんめい》に従《したが》い、天使《てんし》は、ゆっくりと地上《ちじょう》の星《ほし》へとまいおりました。

天使《てんし》は、どこにいくべきかは、すでにわかっていました。

今《いま》まさに、出産《しゅっさん》しようとしているあの妊婦《にんぷ》のもとです。

(11)

オギャー、オギァー。

赤《あか》ちゃんのうぶ声《ごえ》がきこえてきました。

妊婦《にんぷ》は、無事《ぶじ》に男《おとこ》の子《こ》を出産《しゅっさん》しました。

彼女《かのじょ》は、自分《じぶん》の顔肌《かおはだ》に生《う》まれてきたばかりの赤《あか》ちゃんをだいて、その元気《げんき》な様子《ようす》を安堵《あんど》して受《う》けとめました。

そして、最高《さいこう》にしあわせな時間《とき》をすごしました。

生《う》まれてきた男《おとこ》の子《こ》の目《め》はまだあいていません。フワフワシワシワのからだで、赤《あか》ちゃんは、新《あたら》しいお母《かあ》さんによりそっていました。

(12)

地上《ちじょう》に降《お》りた天使《てんし》は、新《あたら》しい生命《いのち》の誕生《たんじょう》の前《まえ》に、この赤《あか》ちゃんのたましいの中《なか》へと、入《はい》っていったのです。

そして天使《てんし》は、男《おとこ》の子《こ》になったのです。

天使《てんし》は、元気《げんき》よく、もう一度《いちど》ないてみせました。

オギァー、オギァー。

(13)

その後《あと》、この男《おとこ》の子《こ》の赤《あか》ちゃんは、両親《りょうしん》の深《ふか》い愛情《あいじょう》をうけ、スクスクと育《そだ》っていきました。

そう。だれも気《き》づきませんが、生命《いのち》は確実《かくじつ》にうけつがれていくのです。

水子《みずこ》は、天使《てんし》の子《こ》です。

(14)

そして、天使《てんし》は、新《あたら》しい生命《いのち》をうけついで赤《あか》ちゃんとなって、生《う》まれかわるのです。

天国《てんごく》のほかの天使《てんし》の子《こ》たちも、生命《いのち》の順番《じゅんばん》がくるのを、いまかいまかと、天国《てんごく》で翼《つばさ》をひろげ今《いま》もまっています。

夕《ゆう》ぐれのたそがれ時《どき》には、静《しず》かに一筋《ひとすじ》の光《ひかり》が地上《ちじょう》へとおりているのです。

ネズミのマリーの空《カラ》のお弁当箱

（1）

ある町《まち》に、ネズミの一家《いっか》が住《す》んでいました。

ネズミのママの名前《なまえ》は、マリー。

彼女《かのじょ》には、パパのモントスとの間《あいだ》に3人《にん》の子《こ》どもがいました。長男《ちょうなん》はリッキー、長女《ちょうじょ》はシェリー、そして末《すえ》っ子《こ》の次男《じなん》はスージーです。

長男《ちょうなん》のリッキーは小学《しょうがく》3年生《ねんせい》、長女《ちょうじょ》のシェリーは小学《しょうがく》2年生《ねんせい》、そして次男《じなん》のスージーは小学《しょうがく》1年生《ねんせい》です。

この3人《にん》の子《こ》どもたちが通《かよ》う学校《がっこう》は、給食《きゅうしょく》はなく、お弁当《べんとう》を持《も》っていくことになっています。

ちなみに、パパのモントスは営業職《えいぎょうしょく》のためお弁当《べんとう》はいらないとのこと。ただ毎《まい》週金曜日《しゅうきんようび》だけは、ママのマリーのお弁当《べんとう》を持《も》って仕事《しごと》にでかけます。

（2）

ある月《つき》の月曜日《げつようび》の朝《あさ》、長女《ちょうじょ》のシェリーが早起《はやお》きしました。シェリーは、ママのマリーのお弁当作《べんとうづく》りを見《み》ていました。

シェリーはいいます。

「ママ、お兄《にい》ちゃんのお弁当箱《べんとうばこ》には、なんでチーズ3個入《こはい》っているの、私は2個なのに」シェリーは、前々《まえまえ》から思《おも》っていたことをママのマリーに聞《き》いてみました。

ママのマリーはこういいます。

「あのね、1年生《ねんせい》はチーズ1個《こ》、2年生《ねんせい》は2個《こ》、3年生《ねんせい》は3個《こ》、って決《き》めているのよ」

シェリーは、「ええーそうなんだ。だったら私《わたし》が3年生《ねんせい》になったら、チーズ3個《こ》になるのね」

「そうよ、シェリーがたくさん食《た》べて、お勉強《べんきょう》ガンバって3年生《ねんせい》になったら、お弁《べん》当《とう》のチーズは3個《こ》になるわね」

「わぁー、そうなの、うれしい。私《わたし》、早《はや》く3年生《ねんせい》になりたいなぁ」

「そうね、シェリー。しっかり進級《しんきゅう》できるように、お勉強《べんきょう》、ガンバるのよ」

シェリーはママにかさねて聞《き》きました。

「ママ、そうしたら、4年生《ねんせい》になったらチーズ4個《こ》、5年生《ねんせい》になったらチーズ5個《こ》になるの」

ママのマリーは、そんなおさないシェリーの言葉《ことば》を聞《き》いて、満《まん》めんのえみを見《み》せました。

「そうよ、4年生《ねんせい》になったら4個《こ》、5年生《ねんせい》になったらチーズ5個《こ》ね」

（3）

3人《にん》の子《こ》どもたちは、リッキーお兄《にい》ちゃんを先頭《せんとう》に一列《いちれつ》になって学校《がっこう》へと向《む》かいます。

長男《ちょうなん》リッキーが先頭《せんとう》で、2番目《ばんめ》は1年生《ねんせい》のスージー、そして一番《いちばん》うしろに2年生《ねんせい》のシェリーが歩《ある》きます。リッキーお兄《にい》ちゃんは、下《した》の子《こ》のスージーの歩調《ほちょう》にあわせてゆっくりと足《あし》をすすめます。なんとも仲《なか》のよい3人《にん》です。

3人《にん》は、各自《かくじ》、ママのマリーから作《つく》ってもらったお弁当箱《べんとうばこ》を持《も》って、今日《きょう》も楽《たの》しく学校《がっこう》に通《かよ》うのです。

そして3人《にん》は学校《がっこう》に着《つ》きました。

この学校《がっこう》は、小《ちい》さな学校《がっこう》で、1年生《ねんせい》から6年生《ねんせい》までいっしょに勉強《べんきょう》しています。

3人《にん》は、授業《じゅぎょう》がはじまっても、今日《きょう》のお弁当《べんとう》の時間《じかん》が気《き》になって、気《き》になって、しかたありませんでした。

（4）

学校《がっこう》では、お昼休《ひるやす》みの時間《じかん》がきました。

3年生《ねんせい》のリッキーは、お弁当箱《べんとうばこ》をあけます。

「わぁー、今日《きょう》もチーズが3個《こ》だ」

そうつぶやいて、リッキーはおおはしゃぎ。

2年生《ねんせい》のシェリーも1年生《ねんせい》のスージーも、お弁当箱《べんとうばこ》をあけます。

シェリーとスージーは、3年生《ねんせい》のリッキーお兄《にい》ちゃんのお弁当箱《べんとうばこ》を二人《ふたり》してのぞきこんで、こういいます。

「お兄《にい》ちゃんはいいね、いつもチーズ3個入《こはい》っていて」

すると、リッキーお兄《にい》ちゃんは、ママと同《おな》じことをいいます。

「シェリー、ちゃんと食《た》べて、お勉強《べんきょう》ガンバれば、来年《らいねん》はシェリーも3年生《ねんせい》だから、お弁当箱《べんとうばこ》のチーズは3個《こ》になるよ」

「うん、ママもそういってた。そしたらお兄《にい》ちゃんは、次《つぎ》は4年生《ねんせい》だから、チーズ4個《こ》ね」

(5)

学校《がっこう》が終《お》わって、3人《にん》は、いつものように、一列《いちれつ》になって家路《いえじ》に向《む》かいます。

家《いえ》に帰《かえ》ると、ママのマリーがまっていて、こう聞《き》いてきました。

「どうだった、お弁当《べんとう》?」

3人《にん》は口《くち》をそろえて「うん、おいしかったよ」といいます。

ママのマリーは、3人《にん》からお弁当箱《べんとうばこ》をうけとって、ふたをあけます。

ママのマリーは、空《カラ》のお弁当箱《べんとうばこ》をじっとみて、ニッコリしました。

ママはつぶやきます。

「今日《きょう》も、空《カラ》ね、うれしいわ」

(6)

火曜日《かようび》のこと、今日《きょう》も学校《がっこう》では、お弁当《べんとう》の時間《じかん》がきていました。

リッキー、シェリー、スージーは、各自《かくじ》お弁当箱《べんとうばこ》をあけます。そう、ウキウキです。

ただ、3年生《ねんせい》のリッキーは、1年生《ねんせい》のスージーにむかってこういいました。

「スージー、お兄《にい》ちゃんのチーズ、1個《こ》あげるよ」

スージーは、

「ええ、お兄《にい》ちゃん、いいの」

「いいよ、いいよ、食《た》べきれないから、1個《こ》あげるよ」

そういって、リッキーお兄《にい》ちゃんは、1年生《ねんせい》のスージーに、チーズを1個《こ》あげました。

なにもわからないスージーは大《おお》はしゃぎ。

「わぁー、チーズ2個《こ》になった。ということは、お兄《にい》ちゃんが2個《こ》で、お姉《ねえ》ちゃんも2個《こ》で、ぼくも2個《こ》だ」

「みんなおなじ2個《こ》だね」とスージー。

(7)

学校《がっこう》から帰《かえ》ると、ママのマリーは、3人《にん》の空《カラ》のお弁当箱《べんとうばこ》をみて、いつものように、ほほえみました。

そんな中《なか》、1年生《ねんせい》のスージーがママにこういいました。

「今日《きょう》ね、お兄《にい》ちゃんからチーズを1個《こ》もらって、ぼくはチーズ2個《こ》たべたんだよ」

「ええ、そうなの、リッキーお兄《にい》ちゃんはどうかしたのかしら、ちょっと心配《しんぱい》だわ」

ママのマリーの顔色《かおいろ》が少《すこ》しくもりました。

(8)

次《つぎ》の日《ひ》の水曜日《すいようび》も、リッキーお兄《にい》ちゃんはチーズ1個《こ》を1年生《ねんせい》のスージーにあげました。

スージーは、またもやおおはしゃぎ、です。

「今日《きょう》も、チーズ2個《こ》だ、最高《さいこう》だ」

(9)

家《いえ》に帰《かえ》ると、ママのマリーは、3人《にん》の空《カラ》のお弁当箱《べんとうばこ》をみていました。

そして、1年生《ねんせい》のスージーがいいました。

「ママ、今日《きょう》もお兄《にい》ちゃんからチーズ1個《こ》もらったよ」

ママは心配《しんぱい》になりました。笑顔《えがお》がなくなり、ママはリッキーお兄《にい》ちゃんにききました。

「リッキー、どうかしたの」

「いや、なんだか食欲《しょくよく》がないんだよ」とリッキー。

「それはいけないわね」

ママは、リッキーのおでこに自分《じぶん》のおでこをあてて、様子《ようす》をうかがいました。

「熱《ねつ》はなさそうね」

心配《しんぱい》してくれるママにむかってリッキーはいいます。

「実《じつ》はね、ぼくね、いま、好《す》きな子《こ》がいるんだよ、なんでだろう、これって変《へん》なことなんだろうか」

ママはすかさずききなおしました。

「リッキー、好《す》きな子《こ》がいるの、そうなの」とママ。

「ぼく病気《びょうき》かな」

不安気《ふあんげ》なリッキーにママはいいます。

「リッキー、しかたのないことね、病気《びょうき》じゃないわよ。心配《しんぱい》しないで。だれでもそういうことはあるから」

ママからそういわれ、リッキーは少《すこ》し安心《あんしん》しました。

続《つづ》けてママはこういいます。

「お弁当残《べんとうのこ》したくなかったのよね、だからスージーにチーズ1個《こ》あげてたのよね」

「いいのよ」

「でも病気《びょうき》じゃないから、自分《じぶん》の分《ぶん》は、自分《じぶ》で無理《むり》してでも食《た》べなさい」

「いい、い」

リッキーは、「うん、わかったよ、明日《あした》からはそうするよ」

リッキーは、ママとそう約束《やくそく》をしました。

（10）

次《つぎ》の日《ひ》の木曜日《もくようび》のこと、学校《がっこう》では今日《きょう》もお昼休《ひるやす》みの時間《じかん》がやってきました。

3年生《ねんせい》のリッキーは、ママにいわれたとおりに、実行《じっこう》しました。

リッキーは、3個《こ》のチーズをゆっくりと食《た》べました。

そんな中《なか》、1年生《ねんせい》のスージーは、期待《きたい》がはずれ、とても残念《ざんねん》に思《おも》っていました。

（11）

家《いえ》に帰《かえ》ると、ママはいつものように、3人《にん》の空《カラ》のお弁当箱《べんとうばこ》をじっと見《み》つめ、満《まん》めんのえみをうかべました。

ママは、「リッキーは、大丈夫《だいじょうぶ》みたいね」といいました。

それを聞《き》いてた1年生《ねんせい》のスージーは、少《すこ》し不満気《ふまんげ》な顔《かお》を見《み》せました。

でもそんな中《なか》、2年生《ねんせい》のシェリーは、わかっていたようです。

シェリーは、ママと同《おな》じようにニッコリとしました。

（12）

そして金曜日《きんようび》。

リッキー、シェリー、スージーは、家《いえ》に帰《かえ》ると、いつものように、空《カラ》のお弁当箱《べんとうばこ》をママのマリーにわたしました。

1年生《ねんせい》のスージーがいいます。

「ママ、おいしかったよ」

2年生《ねんせい》のシェリーがいいます。

「ママ、とてもおいしかったよ」

3年生《ねんせい》のリッキーもいいます。

「ママ、すごくおいしかったよ」


ママのマリーは、空《カラ》のお弁当箱《べんとうばこ》を前《まえ》に、じっと見《み》ては、いつものように、ニッコリとほほえみました。

「みんな、お弁当箱《べんとうばこ》は今日《きょう》も空《カラ》ね」


そして、この日《ひ》。

パパのモントスのお弁当箱《べんとうばこ》も空《カラ》っぽでした。

（13）

ママのマリーは、4つの空《カラ》っぽのお弁当箱《べんとうばこ》をていねいに洗《あら》いながら、キッチンから見《み》える、くれゆく夕陽《ゆうひ》をみつめては、こうつぶやきました。

「今週《こんしゅう》も無事《ぶじ》に終《お》わったわ。ウフフ」

（14）

そしてマリーは、3人《にん》の子《こ》どもを寝《ね》かしつけたあと、リビングで一人《ひとり》ほほえんでいました。

「今週《こんしゅう》も私《わたし》はガンバったわ。私《わたし》へのごほうびとして、チーズ4個《こ》をいただきましょう」

そうつぶやいて、マリーは至福《しふく》の時間《じかん》を満《まん》きつしました。

ただ残念《ざんねん》なことは、マリーが全《まった》く知《し》らなかったことです。

一番末《いちばんすえ》っ子《こ》のスージーが、リビングの戸《と》を少《すこ》しあけ、マリーのことをのぞき見《み》していたことを。

森のカエル、海へ行《ゆ》く

（1）

森《もり》に住《す》むカエル、セロは、ある日《ひ》、森《もり》の中《なか》にある洞窟《どうくつ》を探検《たんけん》していました。そこで彼《かれ》は、だれかが置《お》き忘《わす》れたであろう1冊《さつ》の本《ほん》を見《み》つけました。その本《ほん》の中身《なかみ》には、海《うみ》のことが書《か》いてありました。写真《しゃしん》がいっぱいのっており、今《いま》まで見《み》たことのない世界《せかい》が広《ひろ》がっていました。

セロは、息《いき》をのんで、つぶやきました。

「なんてスゴイ世界《せかい》なんだ」

セロは目《め》を輝《かがや》かせ本《ほん》を見《み》ると、青《あお》く広《ひろ》がる海《うみ》や色《いろ》とりどりの魚《さかな》たち、貝《かい》や珊瑚《さんご》ものっていました。海《うみ》の中《なか》は、森《もり》とは全《まった》く違《ちが》う世界《せかい》が広《ひろ》がっていました。

森《もり》のカエル、セロは、その美《うつく》しさに魅了《みりょう》されました。

セロは、驚《おどろ》きをかくせず、こうつぶやきました。

「こんなにキレイな世界《せかい》があるんだ」

「行《い》ってみたいな」

（2）

森《もり》のカエル、セロは、仲間《なかま》たちに相談《そうだん》しました。

「この本《ほん》を見《み》てよ。海《うみ》という所《ところ》だよ。ぼくね、海《うみ》というところに行《い》ってみたいんだ」

しかし、仲間《なかま》たちは口《くち》をそろえて、

「カエルが海《うみ》に行《い》くなんて無理《むり》だよ。海《うみ》は遠《とお》いし危険《きけん》だし、一度《いちど》行《い》ったはいいが、もしかしたら帰《かえ》って来《こ》れないかもしれないぜ」と反対《はんたい》しました。

「でもぼくは、この本《ほん》に書《か》いてある海《うみ》にどうしても行《い》ってみたいんだ」と、セロは強《つよ》く主張《しゅちょう》しました。

（3）

森《もり》のカエル、セロは、仲間《なかま》たちに反対《はんたい》され悲《かな》しくなりましたが、あきらめませんでした。海《うみ》を見《み》ることがセロの夢《ゆめ》になっていたからです。

そんな折《おり》、旅人《たびびと》である渡《わた》り鳥《どり》が森《もり》にたちよりました。

旅人《たびびと》の渡《わた》り鳥《どり》は、セロの話《はなし》を聞《き》きました。

「海《うみ》を見《み》たいのか、それは素晴《すば》らしいことだよ。海《うみ》は青《あお》くて広《ひろ》くてキレイで、とても素《す》敵《てき》なところだよ」

セロは、

「やっぱりそうですよね。でも、ぼくが海《うみ》に行《い》きたいと言《い》うと、仲間《なかま》たちがみんな口《くち》をそろえて反対《はんたい》するんですよ」

「なぜですか」

「それはあれだ、みんなまだ見《み》たことのない未知《みち》の世界《せかい》だからだよ。人《ひと》はだれでも同《おな》じさ、未知《みち》のものには、不安《ふあん》や警戒心《けいかいしん》がある。だから仲間《なかま》たちの気持《きも》ちも少《すこ》しはわかるよ」

「そうなんですか」とセロ。

「そうだ。知《し》らないことは常《つね》に怖《こわ》いんだよ」

「でもぼくは、海《うみ》に行《い》きたい。渡《わた》り鳥《どり》さん、どうすれば海《うみ》に行《い》けるんですか」

セロからそう言《い》われ、渡《わた》り鳥《どり》は間髪入《かんぱつい》れずにこう言《い》いました。

「簡単《かんたん》なことさ」

「川《かわ》をずっとずっと下《くだ》っていけば、それはいずれ海《うみ》につながっている。川《かわ》を下《くだ》っていけばいいのさ」

セロは力強《ちからづよ》く言《い》いました。

「ぼくは旅《たび》に出《で》ます。川《かわ》を下《くだ》って海《うみ》に行《い》きます」

「そうだね。夢《ゆめ》を叶《かな》えるためには行動《こうどう》あるのみだね。君《きみ》の冒険《ぼうけん》が無事《ぶじ》に成功《せいこう》することを私《わたし》も祈《いの》るよ」

渡《わた》り鳥《どり》さんは、そうはげましてくれました。

そしてセロは、海《うみ》に向《む》かって旅《たび》に出《で》ることを決《き》めたのです。

（4）

森《もり》のカエル、セロは、勇気《ゆうき》を出《だ》して海《うみ》を目指《めざ》して旅《たび》に出《で》ました。

出発前《しゅっぱつまえ》、森《もり》の仲間《なかま》たちは、セロを止《と》めようとしました。海《うみ》は遠《とお》くて危険《きけん》だと相変《あいか》わらず言《い》うのです。

でも、セロは、自分《じぶん》の夢《ゆめ》を叶《かな》えたいと言《い》って、旅人《たびびと》の渡《わた》り鳥《どり》さんの言《い》う通《とお》り、大《おお》きなリュックを背負《せお》い、川《かわ》に沿《そ》って歩《ある》き出《だ》しました。

（5）

川《かわ》の上流《じょうりゅう》あたりに来《き》た時《とき》のこと、森《もり》のカエル、セロは、一匹《いっぴき》の鮎《あゆ》に出会《であ》いました。

鮎《あゆ》さんは言《い》いました。

「これはこれは珍《めずら》しいお客様《きゃくさま》だね、カエル君《くん》かい」

「はい、こんにちは。カエルのセロと言《い》います」

「どうしたんだい、こんな所《ところ》で、道《みち》でも迷《まよ》ったのかい」

「いえ。ぼくは今《いま》、旅《たび》の途中《とちゅう》で、海《うみ》へ行《い》くところなんです」

「海《うみ》？」

鮎《あゆ》さんは驚《おどろ》きをかくせませんでした。

「海《うみ》って、そんな話《はなし》、バカげているよ。海《うみ》がどんな所《ところ》か知《し》っているのかい」

「いえ、知《し》りません。知《し》らないから行《い》くんです」

「よかったら、いっしょに行《い》きませんか」

とセロが誘《さそ》うと、

「何《なに》を言《い》いだすんだ。正気《しょうき》か。海《うみ》は塩《しお》からくて、とても住《す》めるような場所《ばしょ》じゃないぜ、危険《きけん》すぎるよ。死《し》んでしまうかもしれないぞ」

セロは驚《おどろ》きました。

セロは自《みずか》らの不安気《ふあんげ》な様子《ようす》をかくしきれませんでした。

「塩《しお》からい、死《し》ぬんですか」

「ああ、水《みず》が全《まった》くあわない。わしはゴメンだね。一人《ひとり》で行《い》ってきな」

「残念《ざんねん》ですね」とセロは心底思《しんそこおも》いました。

「君《きみ》は全《まった》く世間知《せけんし》らずだよ。怖《こわ》くないのか」と、鮎《あゆ》さんは忠告《ちゅうこく》しました。

「はい、怖《こわ》くないです」とセロは返事《へんじ》をしましたが、実《じつ》は、セロは内心怖《ないしんこわ》がってはいたのです。しかし、それ以上《いじょう》の期待《きたい》があったからそう答《こた》えました。

鮎《あゆ》さんは、別《わか》れ際《ぎわ》にこう言《い》いました。

「夢《ゆめ》を追《お》いかけるのもいいが、現実《げんじつ》に目《め》を向《む》けた方《ほう》がいいよ。でも、君《きみ》がどうしてもと言《い》うなら、止《と》めはしないさ」

「気《き》をつけて、いってらっしゃい」

(6)

森《もり》のカエル、セロは、川《かわ》の中流《ちゅうりゅう》にさしかかっていました。セロが出発《しゅっぱつ》して3日《みっか》が過《す》ぎていました。セロは水草《みずくさ》をはねのけては、時折陸上《ときおりりくじょう》で少《すこ》し休《やす》み、また進《すす》むといったことを繰《く》り返《かえ》していました。

セロが陸《りく》で食事《しょくじ》をしていた時《とき》でした。いきなり大《おお》きな石《いし》が投《な》げこまれ、近《ちか》くでにぶい音《おと》がしました。

「ドス」

しばらくして、もう一度《いちど》、「ドス」

また大《おお》きな石《いし》が投《な》げこまれました。

　すると、子猿《こざる》がセロのもとに近《ちか》づいて来《き》て、こう言《い》いました。

「おい、お前《まえ》、なに勝手《かって》に盗《ぬす》んでいるんだ」

　セロは、「盗《ぬす》むってどうゆうこと」と聞《き》き返《かえ》しました。

「あぁ、その草《くさ》は俺《おれ》のものだ。ここ一帯《いったい》は俺様《おれさま》の縄張《なわば》りなんだぞ」と子猿《こざる》はけわし気《げ》な顔《かお》でそう言《い》いました。

　セロはあわててあやまりました。

「すいません、知《し》らなくて。ただお腹《なか》がすいていただけなんです」

　子猿《こざる》はそう聞《き》いて、セロの格好《かっこう》を見《み》て、少《すこ》し機嫌《きげん》がよくなりました。

　子猿《こざる》は、セロに問《と》いかけました。

「お前《まえ》さん、森《もり》のカエルじゃないか、どうしたんだ、こんな所《ところ》で、そんな格好《かっこう》で」

「はい、ぼくは森《もり》のカエルで、今旅《いまたび》の途中《とちゅう》で海《うみ》を目指《めざ》して旅《たび》をしてます。でもどうしてもお腹《なか》がすいてしまって……」

「旅《たび》？　海《うみ》？」

「本気《ほんき》か」

「一人《ひとり》で海《うみ》に向《む》かっているのか」

　セロはとりあえずもう一度《いちど》あやまりました。

「すいません、子猿《こざる》さん」

そうこうしているうちに、セロは、山《やま》の子猿《こざる》さんに、ことの始《はじ》まりを話《はな》しました。洞窟《どうくつ》で見《み》つけた本《ほん》の話《はなし》や、旅人《たびびと》の渡《わた》り鳥《どり》さんの話《はなし》や、海《うみ》への憧《あこ》がれなど色々《いろいろ》と話《はな》しました。

話《はなし》が進《すす》むと、子猿《こざる》さんはセロに興味《きょうみ》を持《も》ち、セロの事《こと》を思《おも》いやる話《はなし》をしました。

子猿《こざる》さんは、「君《きみ》はスゴイね」と言《い》います。

「いえいえ、海《うみ》を見《み》たいだけです。知《し》りたくて、この目《め》でしっかりと見《み》てきたいんです」

「わかったよ。海《うみ》まではまだ遠《とお》い。これを持《も》って行《い》きな」

そう言《い》って子猿《こざる》さんは、虫《むし》の乾物《かんぶつ》を一袋《ひとふくろ》セロに渡《わた》しました。

「子猿《こざる》さん、もらっていいんですか、ありがとう、助《たす》かります」

セロは、思《おも》いがけない子猿《こざる》の心遣《こころづか》いに感謝《かんしゃ》しました。

そして、子猿《こざる》さんは、最後《さいご》にこう言《い》いました。

「海《うみ》まで遠《とお》い、危険《きけん》なこともある。十分気《じゅうぶんき》をつけて、いってらっしゃい」

セロは、エールをもらった気分《きぶん》で、勇気《ゆうき》がわいてきました。

「よし、行《い》くぞ」

（7）

森《もり》のカエル、セロの旅《たび》の最中《さいちゅう》は、色々《いろいろ》な出会《であ》いと困難《こんなん》がありました。

山猫《やまねこ》に襲《おそ》われた時《とき》は怖《こわ》かったです。

食糧《しょくりょう》不足《ぶそく》になった時《とき》は苦《くる》しみました。

しかし、友好的《ゆうこうてき》な生《い》き物《もの》たちに助《たす》けられ、また美《うつく》しい景色《けしき》に出会《であ》った時《とき》は感動《かんどう》しました。

そんな風《ふう》で、セロは、少《すこ》しずつ海《うみ》に近《ちか》づいていました。

（8）

川《かわ》の下流近《かりゅうちか》くまで来《き》たのでしょうか、川幅《かわはば》が急《きゅう》に広《ひろ》くなってきました。

森《もり》のカエル、セロは、川沿《かわぞ》いの陸地《りくち》を進《すす》んでいました。

セロが陸地《りくち》で休憩《きゅうけい》している時《とき》、少《すこ》し離《はな》れた岩《いわ》に一匹《いっぴき》の子猫《こねこ》が立《た》っているのを見《み》つけました。どうやら男《おとこ》の子《こ》らしく、その姿《すがた》はスラリとしてました。

子猫《こねこ》は、トントントンと岩々《いわいわ》を飛《と》び移《うつ》ると、セロの前《まえ》まで来《き》て、こう聞《き》きました。

「どうしたんだい。見《み》かけない生《い》き物《もの》だね」

「いや、ぼくは森《もり》のカエルで、森《もり》から海《うみ》に向《む》かっている途中《とちゅう》なんです。ただちょっとだけ休憩《きゅうけい》していただけです。すいません」

そう聞《き》いて、子猫《こねこ》は少《すこ》し笑《え》みを浮《う》かべ、

「あやまることはないさ」

「そうか。海《うみ》を見《み》たいんだね」と共感《きょうかん》する様《よう》に言《い》いました。

「はい。ぼくはまだ一度《いちど》も海《うみ》を見《み》たことないんです。この本《ほん》にのっている青《あお》くて広《ひろ》い海《うみ》を一目《ひとめ》見《み》たいと思《おも》って、森《もり》から来《き》たんです」とセロ。

話《はなし》をすすめると、子猫《こねこ》の名前《なまえ》はジョンといいました。ジョンは、セロが持《も》っている本《ほん》を見《み》ると、優《やさ》しく言《い》いました。

「本当《ほんとう》に海《うみ》を見《み》たいんだね。森《もり》からよく来《き》たね」

ジョンは、手《て》で胸《むね》を軽《かる》くたたいてみせ、

「わかったよ。ぼくが案内《あんない》しようか。ぼくは海《うみ》の浜辺《はまべ》で暮《く》らしているんだ。毎日海《まいにちうみ》を見《み》て生活《せいかつ》しているから、よかったら、ぼくのあとをついて来《こ》ないか」

セロは、うれしくて、一《ひと》つ返事《へんじ》しました。

「はい。ありがとうございます。ぜひ、連《つ》れてって下《くだ》さい」

それから二人《ふたり》は、ジョンの住《す》む浜辺《はまべ》に向《む》かって歩《ある》き出《だ》しました。

(9)

やがて、森《もり》のカエル、セロは、海《うみ》にたどり着《つ》きました。

セロは、初《はじ》めて見《み》る海《うみ》の光景《こうけい》に感動《かんどう》しました。目《め》の奥《おく》が焼《や》けるほど、しっかり見《み》ました。海《うみ》は、青《あお》くて広《ひろ》くて美《うつく》しい。キラキラと輝《かがや》いていて、波《なみ》は白《しろ》く泡立《あわだ》っていました。

「これが海《うみ》なんだ」

「本当《ほんとう》にキレイだ」

「うれしい。最高《さいこう》だ」

海《うみ》は、本《ほん》の中《なか》の写真《しゃしん》と全《まった》く同《おな》じで、青《あお》くて広《ひろ》く、それはずっと遠《とお》くまで広《ひろ》がっていました。

「感動《かんどう》します。こんなにキレイなんだ」とセロが言《い》うと、ジョンも案内《あんない》した甲斐《かい》があったと思《おも》って、喜《よろこ》びました。

「よかったね、夢《ゆめ》が叶《かな》って」とジョン。

セロは、ジョンにお礼《れい》を言《い》いました。

「ジョン、ありがとう」

「本当《ほんとう》にうれしいよ」

セロは、しばらく海《うみ》をじっと見《み》つめ、まぶたの奥《おく》に記憶《きおく》させました。

そして、セロは大《おお》はしゃぎで、海岸《かいがん》に行《い》くと、押《お》しては引《ひ》く海《うみ》の波《なみ》とたわむれました。少《すこ》し水《みず》の中《なか》に入《はい》っては、押《お》し出《だ》され、また水《みず》の中《なか》に入《はい》っていきます。

時間《じかん》を忘《わす》れるとは、このことでしょう。

セロは、夢中《むちゅう》で遊《あそ》びました。

⑽

森《もり》のカエル、セロは、夕暮《ゆうぐ》れまで遊《あそ》んでいました。

そして、水平線《すいへいせん》に太陽《たいよう》が沈《しず》んでいきました。そのオレンジ色《いろ》の光景《こうけい》は、セロが今《いま》まで一度《いちど》も見《み》たことのない絶景《ぜっけい》でした。

「すごい。すごくキレイだ」

セロは、思《おも》わずつぶやきました。

ジョンは、セロがはしゃいでいる様子《ようす》を見《み》て、自分《じぶん》もうれしくなって、ほほえみました。

(11)

浜辺《はまべ》のジョンの家《いえ》で、セロは夕食《ゆうしょく》をごちそうになりました。

やがて日《ひ》は暮《く》れ、海《うみ》の上《うえ》では、星空《ほしぞら》が広《ひろ》がり一面銀世界《いちめんぎんせかい》になりました。

「ジョン、すごくきれいな星空《ほしぞら》だね」

ジョンは言《い》いました。

「きれいな星空《ほしぞら》だろう。ぼくはね、あの星空《ほしぞら》にずっと昔《むかし》、住《す》んでいたような気《き》がするんだ」

「星空《ほしぞら》に住《す》んでいたの？」

「あぁ、そんな気《き》がする」

少《すこ》し間《ま》をおいて、ジョンは、

「セロ、海《うみ》を見《み》られて本当《ほんとう》によかったね」と言《い》いました。

「うん」

「ぼくの夢《ゆめ》が叶《かな》ってすごくうれしいよ」

そう聞《き》いてジョンもうれしそうでした。

そして、ジョンは加《くわ》えて言《い》いました。

「ぼくにも夢《ゆめ》があるんだ」

「大人《おとな》になったら、あの星空《ほしぞら》に行《い》ってみたいんだよ」

「星空《ほしぞら》に」

「あぁ、宇宙《うちゅう》への旅《たび》をしたいんだよ」

「だれもまだ行《い》ったことのない世界《せかい》だけど、ぼくは必《かなら》ず行《い》くよ」

セロは、同《おな》じ様《よう》な夢《ゆめ》を持《も》つジョンに共感《きょうかん》し、うれしくなりました。

「それはいいね。ジョンならきっと行《い》けるさ」

「そうだね。ありがとう」

二人《ふたり》は、海《うみ》の上《うえ》の銀色《ぎんいろ》の星空《ほしぞら》をながめては、お互《たが》いの夢《ゆめ》の話《はなし》をしばらくしました。

(12)

セロは、3日《みっか》ほどジョンの家《いえ》に滞在《たいざい》しました。

海《うみ》の中《なか》にもぐると、色《いろ》とりどりの魚《さかな》たちが泳《およ》いでいました。貝《かい》や珊瑚《さんご》も見《み》られました。写真《しゃしん》の中《なか》の海《うみ》以上《いじょう》に、本物《ほんもの》の海《うみ》は素晴《すば》らしかったのです。とにかく美《うつく》しい。見《み》るものさわるものすべてに心《こころ》をうばわれました。

海岸《かいがん》では、セロは、まるで宝石《ほうせき》を見《み》つけたみたいに、貝《かい》がらや珊瑚《さんご》を拾《ひろ》い集《あつ》めました。

（13）

森《もり》のカエル、セロは大満足《だいまんぞく》でした。

そして森《もり》へ戻《もど》ることにしました。

子猫《こねこ》のジョンにお礼《れい》を言《い》って、海《うみ》をあとにしました。

帰《かえ》りは、来《き》た道《みち》を戻《もど》りました。しかし、帰《かえ》りは、来《き》た以上《いじょう》に大変《たいへん》でした。

しかし、セロは、そんな事《こと》、すでに全《まった》く気《き》にしていませんでした。

（14）

森《もり》に戻《もど》ったセロは、仲間《なかま》たちに、自分《じぶん》が拾《ひろ》ってきた貝《かい》がらや珊瑚《さんご》を見《み》せました。

「見《み》てごらん、これが海《うみ》だよ」

仲間《なかま》たちは、

「ええ、初《はじ》めて見《み》るよ。これが貝《かい》がらというやつか」

「そうだよ。海《うみ》には貝《かい》のほかに、色《いろ》んな生《い》き物《もの》が暮《く》らしていたよ」とセロ。

「セロ、スゴイじゃないか」と仲間《なかま》たち。

仲間《なかま》たちは、セロが海《うみ》への冒険《ぼうけん》をしてきたことを認《みと》めました。また何《なに》より、セロが無事《ぶじ》に帰《かえ》ってきたことを喜《よろこ》びました。

(15)

そして、森《もり》も日《ひ》が暮《く》れ、夜《よる》になりました。そんな折《おり》、セロは、森《もり》の中《なか》から、夜空《よぞら》に輝《かがや》く星《ほし》を一《ひと》つ見《み》つけました。

セロは、ジョンとの会話《かいわ》を思《おも》い出《だ》していました。

「ぼくはね、ずっと昔《むかし》、あの星空《ほしぞら》に住《す》んでいたような気《き》がするんだ」

「ぼくは、あの星空《ほしぞら》に行《い》ってみたいんだ」

森《もり》のカエル、セロは、心《こころ》の中《なか》で、ジョンならきっと行《い》けるさ、と思《おも》いました。

セロは、夜空《よぞら》に輝《かがや》く一《ひと》つの星《ほし》に、しっかりと願《ねが》い事《ごと》をしました。

ジョンの夢《ゆめ》が叶《かな》いますように。

たぬきときつねの結婚披露宴

（1）

6月9日（友引）。ここは、新郎《しんろう》のたぬきのポポと新婦《しんぷ》のきつねのアンの結婚披露《けっこんひろう》宴《えん》の会場です。

そう、ウソだと思われますが、たぬきときつねが結婚したのです。

披露宴の壇上《だんじょう》には、タキシードを着たたぬきのポポとウエディングドレスに身をかためたきつねのアンがすわっています。また、会場の右側には、たぬき家《け》の親族や友人がテーブルをかこみ、そして会場の左側には、きつね家の来ひん者たちでうめつくされています。

司会のねずみのチュウ吉がマイクの高さを気にしながら、司会進行をつとめます。マイクの高さを自ら調整し、そしてチュウ吉は、こう述べました。

「本日は、誠にお忙しい中、新郎ポポ君と新婦のアンさんの結婚披露宴にご出席いただきまして、誠にありがとうございます。すでにご存じのことと思いますが、たぬきのポポ君ときつねのアンさんは、本日、当教会において、結婚式をすまされました。そして、お二人は、互いに永遠の愛を誓《ちか》われました。まずは、本当に、ご結婚、おめでとうございます。

そして本日引き続き、これを祝して、ご出席のみな様方に、おひろめさせていただきたいとおまねきいたしております。どうぞ、みな様方、お二人の門出をせいだいに祝福していただき、あわせて、どうぞごゆりと、本日の披露宴をお楽しみ下さいませ」

チュウ吉がそう案内すると、会場からわれんばかりの大きな拍手《はくしゅ》がおくられました。

チュウ吉は、壇上《だんじょう》の新郎・新婦に向かって深く頭を下げました。

やがて新婦のアンの好きな音楽で会場はにぎやかとなりました。

しかし、前代未聞です。まさに国際結婚さながらのもりあがりといったところでしょう。

ウソではありません。

化《ば》かしている訳《わけ》でもありません。

本当のお話です。

（2）

まず、ねずみのチュウ吉は、新郎ポポのおじで、本日の披露宴の仲人役であるぺぺを紹介しました。

ぺぺは、ポポのことを幼《おさな》いころからよく知り、とてもかわいがっていました。ポポも何かことがあるごとに、おじのぺぺによく相談をしていました。もちろん、今回の結婚についても、ずいぶんと話し合いをしていました。

ねずみのチュウ吉は、

「では、本日の仲人であられる、新郎のおじであるぺぺ様に、まずは、お祝いのスピーチをおねがいします」と案内しました。

（3）

新郎のおじ、ぺぺがマイクの前に立ちました。

そしてぺぺは、

「ただいまご紹介にあずかりました、私《わたくし》、新郎のおじでぺぺと申します。たぬき家《け》のみなさん、そして、きつねのみな様方、本日は二人のためにたくさんお集まりいただき、まずは御礼《おんれい》申し上げます。本当にありがとうございます。

さて、ポポからきつねのアンさんと結婚したいとはじめて聞かされた時、正直、とまどいました。はじめは反対しておりました。そもそも、長く、たぬき人《びと》ときつね人《びと》とでは、全く交流がなく、むしろ、お互いにけんせいするといった関係がつづいていました。どうして、たぬきがきつねを嫁にもらうのか、そんなことありえないと考え、私自身、十分まじめに考えてまいりました。まさしく前代未聞のことです。私《わたくし》、たぬき人《びと》としましても、どうポポの相談にのればいいのか困惑していました。しかし、ポポは私にこう言うのです。『ぼくは心の底からアンちゃんを愛している』と。そして私は、当のアンちゃんともお話を多くしてまいりました。たぬきときつねでは、風ぼうも習慣も考え方も違う、でも、ポポとアンはそれらを乗り超え、愛をはぐくませていたのです。おそらくですが、ご出席のきつね家のみな様方も、だいぶ困惑されたことと察します。いや、私《わたくし》が悩んでいる以上にとまどっていらっしゃったことと思います。

しかし、結局、最後は愛が勝つ、のです。

私は、ポポとアンさんについに負けました。こうした時代は、おそかれはやかれ、いずれは来ると思ったのです。

私自身もたぬき人《びと》ですが、これからは、きつね家のみな様方の考え方や生活のあり方などを少しずつ勉強していかなければなりません。話は長くなりますが、結論は、こうした国際結婚もあり、ということですね。そして、当の二人を信じて、前に進むこと、それが最も重要であります。

二人の結婚は、たぬき家ときつね家の大きな架け橋となります。どうか、きつね家のみな様におかれましては、これまでの両者のかくしつをなくし、お互いに交流を深め、真に理解し合おうではありませんか。二人の愛が、私たちの立場を十分変えていきます。どうかこの二人を、大きな愛情で見守り、背中を押し、はげましてやって下さい。よろしくお願いします。私からは以上ですが。

最後にアンちゃんに一つだけ言わせて頂きます。これから、夫婦二人で円満にやっていくための心構えです。つきなみですが、結婚には三つの袋《ふくろ》がとても大事です。一つ目は、きんちゃく袋。二つ目は、かんにん袋。そして三つ目は、〇〇袋です。

アンちゃん、どうか、ポポのこと、よろしくお願いします。今日は、本当に結婚おめでとう。そして、明るい家庭を築いて下さい」

仲人のたぬきのペペのスピーチが終わり、会場からは、大きな拍手がなりやみませんでした。

（4）

ねずみのチュウ吉がまたマイクの前に立ちます。

「では、本日の若いお二人の門出を祝し、また、ご出席者のみな様方の今後のご多幸を記念して、カンパイの音頭をとらさせていただきます。カンパイの音頭は、新郎ポポ君の会社の上司でありますププ様にお願いいたします。では、ププ様、マイクの前までおこし下さいませ」

チュウ吉から紹介されたたぬきのププが、ワイングラスを手にしマイクの前へとすすみ出ました。

そしてププは、

「ただいまご紹介にあずかりました、ポポ君の上司にあたるププと申します。では、たぬき家、きつね家両家のみな様方、グラスを手に、ご起立のほどよろしくお願いいたします」

そして、会場の来ひん客がみんなそうだちになると、

「新郎ポポ君、そして新婦のアンさん、本日は本当に、ご結婚おめでとうございます。先えつですが、私《わたくし》の方から、カンパイの音頭をとらさせていただきます。では、ポポ君とアンさんの新しい門出を祝して、またご出席のみなみな様方のこれからのご多

幸を記念しまして、カンパーイ」

「カンパーイ」

会場のいたる所から、グラスをならす音がきこえてきました。みんな心から祝福しました。

チュウ吉がいいます。

「ご着席の方をお願いいたします。それでは、しばしの間、料理の方をお楽しみ下さいませ」と。

（5）

カンパイが終わり、会場のみんなは料理を満喫《まんきつ》しました。そして、ほどなく、右側の席と左側の席が入り混ざりました。

新婦のアンの父であるクリームも、みずからすすんで、キンキンに冷《ひ》えたビールのビンを片手に、たぬき家のテーブルの方へといき、おしゃくしていました。

一人、一人、そしてポポの友人にもビールをそそぎました。

本当にウソの様です。会場は、たぬきときつねとが入り混じり、お互いにあいさつをしました。こんな光景がみられるのは、本当によろこばしい限りです。

食事もゴウカで、次々と料理がはこばれてきます。

会場では、ポポとアンがよくいっしょに聴いていた音楽も流れています。

当のお二人も、写真さつえいやビールのおしゃくで大忙しです。

たぬき家ときつね家のカキネは、いっきになくなりました。

ポポとアンは、本当に仕合《しあ》わせ者です。みんなが祝福してくれ、会場はおおはしゃぎです。

（6）

披露宴の時間はコクコクとすぎ、新郎と新婦のおいろなおしもあり、披露宴は後半へとすすんでいきます。会場は大もりあがりです。友人たちによるヨキョウもバカうけ、会場は笑いのうずとなりました。

そして、司会のねずみのチュウ吉は、新婦のアンの友人をスピーチに案内しました。

「では、友人代表としまして、アンさんの幼なじみである友人のメロン様に、スピーチをいただきたいと思います。メロン様、では、よろしくお願いします」

(7)

そして、友達のきつねのメロンのスピーチがはじまりました。

「ポポ君、アンちゃん、ご結婚、おめでとうございます。お二人の仕合わせが末長く続きますよう、心よりお祝い申し上げます。

私は、アンちゃんの古くからの友達で、アンのことは、十分わかっているつもりです。

で、ポポ君とアンちゃんのそもそもの出会いについて少しお話ししたいと思います。そもそも二人の出会いは、ある月の雨の日の図書館での出来事です。ある日、アンが図書館を出ようとした時、急に激しい雨が降ってきました。途方にくれていた時、ポポ君が傘をかしてくださったのです。アンは、そのことを大変うれしくよろこんでいました。それで、私は、アンから、この傘をどうしてもポポ君へかえしたい、お礼をしたいと、相談を受けたのです。

私は、ポポ君は絶対また図書館に来ると思うから、アンはその図書館に毎日かよって、再会のチャンスをつかんだらと、アドバイスしました。そして予想通り、アンはポポ君に傘を返すことができたのです。そしてその日、二人は喫茶店へ行き、いきとうごうしたのです。それから、二人のお付き合いがはじまりました。お互いにしだいに相思相愛となり、アンに、運命の人はこの人だ、とも言ってました。そしてポポ君はとても紳士的でやさしく、アンはそんな所にどんどんひかれていった様子です。アンは昔から積極的で好奇心が旺盛で行動派です。付き合って3か月がたった頃、なんとアンはポポ君に自らプロポーズをしたのです。アンは私に言いました。『私はポポ君を仕合わせにする自信はないけれど、私が仕合わせになる自信は100％ありま す』と。ポポ君はそう聞いて、『ぼくもアンちゃんのことが大好きです。いつまでもずっとそばにいてほしい』と言われたみたいです。アンは、うれしさのあまり言ってしまいました。『ポポさん、私と結婚して下さい』と。それからトントン拍子で、二人は愛をはぐくまれました。ただアンからは一つだけ悩みをうちあけられました。それは、『たぬきときつねが結婚することは本来許されることなんだろうか』と。こうしたカキネをこえた結婚については、本人も多分に不安に思っていたことは事実です。私は、そして言いました。『愛は国境を超えるものよ』と。アンはそう聞いて少し安堵したらしく、今日にいたっているのです。アンは、本当に恐れ知らずで、積極的な子です。

ポポさん、アンは大丈夫ですよ。どんな困難も笑いに変える魔法の力をもっています。この魔法の力を信じて明るい家庭を築いて下さい。そして、私がお手伝いできることがあれば、いつでも相談にのらさせて下さいね』

ポポとアンは、壇上《だんじょう》から友達のメロンのスピーチをそう聞いて、少し涙目になりました。

会場からも拍手がなりやみませんでした。

（8）

友人のメロンさんのスピーチが終わり、しばし会場には音楽が流れ、また、たぬき人《びと》ときつね人《びと》が入り混じり、あちらこちらであいさつまわりをする姿がみうけられました。

その光景といったら、どういった説明が適当かはわかりませんが、みんな大いに楽しい時間を共有しているように見えました。そして時間は過ぎ、いよいよクライマックスのはじまりです。

新郎と新婦によるケーキ入刀がはじまります。二人は、ゆっくりとウェディングケーキの前に立ちました。たぬき家そしてきつね家のみんなが、カメラをもって、二人の決定的瞬間をいまかいまかとまっています。

ねずみのチュウ吉がアナウンスします。

「それでは、お二人の初《はつ》の共同作業となります。ウェディングケーキへの入刀のはじまりです」

ポポとアンは、二人して一つのナイフを握りしめ、ケーキに入刀しました。そして、パチパチという写真に収める音と光が、会場の二人をつつみこみました。若い二人は、今まさに仕合わせの絶好調にいます。

ケーキ入刀は無事に終わり、切り分けられたケーキは、会場のみな様へと配られました。

(9)

披露宴は終ばんに入りました。

ポポとアンを中心に、その両サイドに各ご両親が並んで立っています。

そんな中、両家を代表して、新婦の父のクリームのスピーチがはじまりました。

「本日は、新郎ポポと新婦アンの結婚披露宴にご出席頂き、大変多くの祝福のお言葉を頂きまして、誠にありがとうございます。これから二人は、新しい世界へ旅立っていきます。ふつつかで未熟な二人ではありますが、みな様方におかれましては、今後もご指導・ごべんたつの程をよろしくお願いいたします。二人はきっと仕合わせな家庭を築いてくれるものと思いますが、みな様方の応援の力がなければ、本当の仕合わせはありません。今まで通り、いや、今まで以上に二人を見守って下さい。娘のアンは、たぬき家のしきたりや考え方などを謙虚《けんきょ》に学んでいくことでしょう。こうした国際結婚には、周りの温かなかかわりが最も重要です。重ねてお願い申し上げます。本日は二人の門出に際し、みな様方には、心を込めお礼申し上げます。ありがとうございました」

クリームは、深々と頭を下げ、本当に丁寧にお礼を伝えました。

新婦の父のクリームのスピーチが終わると、ポポとアンは、各両親に向け花束を渡しました。ポポはアンの両親へ、アンはポポの両親へと、めいっぱいの感謝を込めて、両手で花束をおくりました。

二人とも、よろしくおねがいします、といった気持ちでいっぱいです。

また、両家の母親は、涙でいっぱいでした。

(10)

次に、新郎のポポのスピーチがはじまりました。

「本日は、ご多忙の中、私ども二人のために、祝福をいっぱい頂き、本当に仕合わせです。お集まり頂いた方々には、心よりお礼申し上げます。そして私たち二人は、必ず仕合わせになります。どうかやさしく見守って下さい。

　最後に私から一つだけ言わせて頂きたいことがあります。それは、寛容《かんよう》と優《やさ》しさです。たぬきときつねが結婚するなんて、たしかに前代未聞のことです。姿形《すがたかたち》も違えば、もちろん考え方も違う、たしかに、これからの二人は、乗りこえていかなければならない課題に何度もぶちあたっていくことでしょう。しかし、お互いに助けあっていきます。二人は必ず仕合わせになります。みな様におかれましては、人種や宗教・文化、そして姿形で、相手を決めつけないでほしいです。どんなに違いはあれ、わかちあえます。そしてそこには、常に寛容と優しさが必要です。これから、ぼくたちみたいな国際結婚が少しずつ増えていくこととなるかもしれません。その時も、同じ様な寛容と優しさでグッと背中を押してあげて下さい。仕合わせは、みな様方の理解がなければ成り立ちません。私たち二人は、本当にめぐまれています。こうして、会場でお互いに混じり合い、笑い、共有する、私たちは本当に仕合わせ者です。本日、このことを身をもって知りました。今後も変わらぬ寛容と優しさで、私たち二人を応援して頂けますよう、ここにお願いして、そしてお礼申し上げます。

本日は、本当にありがとうございました」

(11)

そして最後に、新婦のアンから、自分のご両親に向けて、スピーチがはじまりました。

「お母《かあ》さん、私を産んでくれて、本当にありがとう。お父《とう》さん、私を今まで育ててくれて、本当にありがとうございます。私は、今日から、たぬき家《け》にとつぎます。お父さんは最初反対していましたね。でも何度も何度も相談するうちに、私たち二人のことを理解してもらえて感謝しています。

そして、お父さん、お母さん、本当に感謝しかありません。私がまだ小さい頃、ずい分かわいがってくれて、遊んでくれて、その度うれしかったです。お父さん、お母さんがいなかったら、今の私は存在しません。心からお礼をいいたいです。ありがとう。確か小学4年生の時だったと思いますが、私が体調を崩した時、お母さんはつきっきりで看病してくれましたよね、子ども心に、とてもうれしかったです。今はすっかり元気ですが、これからは、私の方がお母さんのことを手助けしていきたいです。

私はとつぎます。しかし、お母さんと全くお別れするつもりはありません。時に悩みがあったら、今まで通り相談にのって下さい。お母さん、本当に産んでくれて、育ててくれてありがとう。

私は誓います。きっと仕合わせになります」

アンの最後のスピーチを受け、会場からは大きな大きな拍手をもらいました。

こうして、たぬきときつねの結婚披露宴は無事に終わりました。

今の時代、人種や価値感などはボーダレスになってます。今後、こうしたカップルは増えることでしょう。

(12)

披露宴の翌日の朝、空は雲《くも》一つない快晴でした。

たぬきのポポときつねのアンは、飛行機に乗り、海外へとハネムーンに飛びたっていきました。

ねずみのチュウ吉は、小さくなっていく飛行機をずっと見ていました。

そんな折、近くにいただれかが、チュウ吉にこうたずねました。

「お二人は、いったいどこに旅立たれたんでしょうか」

チュウ吉は、ためらいもなく、こう言いました。

「それは、もちろん、明日《あした》というローマです」と。

著者プロフィール

三浦 オレンジ（みうら おれんじ）

本名、三浦 勝幸

1965年福岡県生まれ

明治学院大学卒業

主な著書

『ちびでぶでぶう 「ちでぶぅの恋」のはじまり』（2020年、文芸社）

『三浦オレンジ童話集① 10才の誕生日』（2022年、文芸社セレクション）

カバー・本文イラスト：宮嶋友美

イラスト協力会社：株式会社ラポール イラスト事業部

赤鬼はクリスチャン

2024年 9 月15日 初版第 1 刷発行

著　者 三浦 オレンジ

発行者 瓜谷 綱延

発行所 株式会社文芸社

〒160-0022 東京都新宿区新宿1－10－1

電話 03-5369-3060（代表）

03-5369-2299（販売）

印　刷 株式会社文芸社

製本所 株式会社MOTOMURA

ISBN978-4-286-25555-2